Manon,
la fée des bonbons

Vous aimez les livres de la série

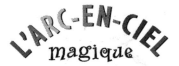

L'ARC-EN-CIEL magique

Écrivez-nous pour nous faire partager
votre enthousiasme :

Pocket Jeunesse - 12 avenue d'Italie - 75013 Paris

L'ARC-EN-CIEL magique

LES FÉES DE LA FÊTE

Manon, la fée des bonbons

Daisy Meadows

Traduit de l'anglais par Christine Bouchareine

Illustré par Georgie Ripper

POCKET
jeunesse

Titre original :

Rainbow Magic
The Party Fairies - Honey the Sweet Fairy

Publié pour la première fois en 2004
par Orchard Books, Londres.

Loi n° 49-956 du 16 juillet 1949 sur les publications
destinées à la jeunesse : février 2007.

Texte © 2004, Working Partners Limited.
Illustrations © 2004, Georgie Ripper.

© 2007, éditions Pocket Jeunesse, département d'Univers Poche,
pour la traduction française et la présente édition.

La série « L'Arc-en-Ciel magique » a été créée
par Working Partners Limited, Londres.

ISBN 978-2-266-16779-6

À Roisin et Alfie Starky-Oakley,
avec tout mon amour.

Avec des remerciements tout particuliers
à Sue Mongredien.

Le château
du bonhomme Hiver

Bois Joli

Le magasin
de bonbons

La maison
de Betty

La maison d'Olivia

La maison
de Jamie Cooper

Invitation à une soirée très spéciale

Que soient bénis notre gentil roi et notre gracieuse reine
Qui depuis mille ans si bien nous gouvernent !

Pour célébrer ces dix siècles de félicité
Nous avons décidé d'organiser
De splendides festivités
Pour nos souverains aimés

Afin que la surprise soit totale
Et digne de Nos Altesses Royales
Faites briller vos baguettes et mettez vos plus beaux atours
Car vous êtes invitées à la cour

RSVP : Son Altesse Royale la Bonne Fée

Expédition chez la marchande de bonbons

Par un temps magnifique, M. et Mme Tate déjeunaient dans le jardin. Alors que Rachel et Betty se mettaient à table, Mme Tate laissa échapper un soupir exaspéré.

— Flûte! En faisant les courses ce matin, j'ai oublié d'acheter des

caramels pour mamie! Je lui avais promis que je lui en apporterais ce soir.

– Ne t'inquiète pas, maman, la rassura Betty. Nous irons chez Mme Nougatine après le déjeuner. Qu'en penses-tu, Rachel?

– Chouette! J'adore les magasins de bonbons!

Betty avait invité Rachel à passer une semaine de vacances chez elle. Depuis l'été de leur première rencontre à Magipluie, elles étaient devenues amies. Bizarrement, dès qu'elles se

trouvaient ensemble, il leur arrivait des aventures merveilleuses. Pour ne pas dire magiques!

– À propos, reprit M. Tate, j'ai lu dans le journal que Mme Nougatine part à la retraite. Comme c'est aujourd'hui sa dernière journée, elle organise une fête pour ses clients. Je crois qu'il y aura des bonbons à volonté, ajouta-t-il avec un clin d'œil.

Betty donna un coup de coude à Rachel.

– Tu te rends compte! Une distribution de bonbons! Une fête! C'est génial!

– Super !

Elles partageaient un grand secret. Les fées de la fête, leurs amies, préparaient en cachette la célébration du millième anniversaire du règne de leur roi et de leur reine. Mais le méchant bonhomme Hiver avait décidé de donner une soirée encore plus réussie pour se venger de n'être pas invité. Il chargea donc ses gnomes de perturber les festivités des humains afin d'attirer les fées de la fête et de voler leurs bourses de paillettes magiques.

Betty et Rachel avaient déjà aidé plusieurs fées à déjouer leurs pièges,

mais leurs astuces n'avaient pas suffi à décourager le bonhomme Hiver. Loin de là !

Après le déjeuner, Mme Tate envoya les filles acheter les caramels. Quand elles arrivèrent dans la Grande Rue, des enfants s'attroupaient déjà devant le  magasin de Mme Nougatine. En s'approchant, elles s'aperçurent avec stupeur qu'un petit garçon léchait sa sucette en faisant la grimace et qu'une petite fille pleurait.

Betty et Rachel entrèrent dans le magasin qui était tout pimpant avec ses jolis ballons accrochés au plafond et ses étagères ornées de guirlandes. Mme Nougatine se tenait derrière le comptoir ; Betty remarqua tout de suite qu'elle n'était pas aussi joyeuse que d'habitude.

– Bonjour, madame Nougatine, la salua-t-elle. Comment allez-vous ?

Mme Nougatine secoua tristement la tête.

— Mal! J'espérais organiser une grande fête pour mon dernier jour, mais tous mes bonbons sont gâtés!

Une délicieuse surprise

D'un air découragé, Mme Nougatine leur montra un bocal d'ananas confits. Les morceaux ne formaient plus qu'un gros bloc poisseux. Devant elle, les barres de chocolat s'étaient ramollies comme si elles avaient fondu au soleil. Et les sachets de

poudre acidulée dégageaient une odeur si âcre qu'elle piquait la gorge.

Rachel donna un coup de coude à Betty et tendit le doigt vers les étagères.

– Regarde !

Dans un joli pot rose, des souris en pâte d'amande se cachaient les yeux comme si elles avaient peur. Les bébés en sucre, eux, levaient les mains en l'air, comme pris de panique. Et à la grande surprise de Betty, les serpents gélifiés se tortillaient dans tous les sens, on les entendait même siffler ! Elle

repoussa vite le bocal vers le fond de l'éta-gère, à l'abri des regards.

— C'est vrai-ment bizarre ! chuchota Rachel tandis que de petits claquements montaient d'un paquet de boules de chewing-gum.

Betty hocha la tête.

— Ça, c'est encore un mauvais coup des gnomes !

Mme Nougatine posa le bocal d'ananas confits et sortit un plateau de chocolats.

— Oh, non ! Il ne manquait plus que ça !

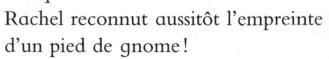

Rachel et Betty accoururent. À la place des chocolats s'étalait un mélange pâteux, avec une grosse marque au milieu.

Rachel reconnut aussitôt l'empreinte d'un pied de gnome !

Betty scruta le sol.

— S'il a le pied plein de chocolat…

— … il a dû laisser des traces, conclut Rachel.

En effet, des empreintes marron apparaissaient sur le carrelage. Les deux filles s'écartèrent du comptoir et les suivirent discrètement. Elles conduisaient à une porte au fond de la boutique.

— C'est la réserve de Mme Nougatine, souffla Betty. Nous ne pouvons
pas y entrer sans sa permission.

Rachel se mordilla la lèvre.

— On ne peut pas non plus lui dire :
« Excusez-moi, madame Nougatine,
mais nous pensons qu'il y a un gnome
dans votre réserve ! » Nous…

CRAC! Les deux filles sursautèrent en entendant un bruit terrible de l'autre côté de la porte.

– Oh, non! Il est en train de tout casser! gémit Rachel.

Au même moment, elles virent Mme Nougatine se précipiter dans leur direction.

— Je ne peux pas offrir à mes clients des bonbons pourris. Je vais en chercher d'autres dans la réserve.

— Non! s'écria Betty.

Elle ne voulait surtout pas que Mme Nougatine se retrouve nez à nez avec un gnome.

— Euh… Vous ne pouvez pas laisser votre magasin, s'empressa-t-elle d'ajouter en voyant que la marchande de bonbons la dévisageait d'un drôle d'air. Rachel et moi allons nous en occuper.

— Oh, merci, mes chéries. Vous n'avez qu'à rapporter ce qui vous plaît.

Betty poussa tout doucement la porte. Un frisson d'horreur la parcourut. Tous les bocaux avaient été renversés, les boîtes écrasées et les bonbons éparpillés. Et au milieu de ce désastre, une petite fée vêtue de jaune luttait contre un affreux gnome qui voulait lui arracher sa bourse !

– C'est Manon, la fée des bonbons ! s'écria Betty.

Méchant gnome

Vite, les filles se glissèrent dans la réserve et refermèrent la porte derrière elles.

— Au secours, aidez-moi! lança Manon en les apercevant.

— On arrive! gronda Rachel d'une voix féroce.

Son regard tomba sur un bocal rempli d'énormes bonbons tout ronds.

– Attends, Betty, s'exclama-t-elle en dévissant le couvercle. J'ai trouvé des bombes anti-gnome !

Les deux amies se mirent aussitôt à le mitrailler.

– Ouille ! gémit-il en recevant un bonbon sur le nez.

Sous le coup de la douleur, il lâcha

prise si brusquement que Manon alla
s'écraser contre une étagère et laissa
tomber sa bourse.

– Oh, non!

Toutes ses paillettes se renversaient!

Les deux filles et la petite fée se
précipitèrent pour les ramasser.

Trop tard! Le gnome les avait
devancées et s'en remplissait les
poches.

– C'est le bonhomme Hiver qui va
être content! Grâce à ces paillettes, sa
soirée sera la plus réussie!

– C'est ce qu'on va voir! rugit
Betty.

Elle ramassa
une canne en
sucre d'orge et
donna de grands
coups dans les côtes
du gnome. Rachel
s'empressa de l'imiter.

– Oh, non! Arrêtez, vous me cha-
touillez! Arrêtez!

Il riait si fort qu'il perdit l'équilibre.
En essayant de se rattraper, il posa le
pied sur un bonbon et s'étala de tout
son long. Des paillettes
jaillirent de ses poches.
Il tendit une vilaine
main verte pour les
ramasser, mais Manon
fut plus rapide que lui.
Elle agita sa baguette
au-dessus des cannes en
sucre d'orge et récita à toute vitesse
une formule magique.

Au grand émerveillement de Betty
et de Rachel, les cannes se mirent à
étinceler, foncèrent sur le gnome et le
repoussèrent vers le fond de la pièce.

– Hé! Ça va pas,
non! Arrêtez!
protesta-t-il.

Mais il
n'était pas
de taille à
résister aux
pouvoirs de
Manon, et les
cannes le
jetèrent dehors
par la porte de
service.

– Bon dé-
barras! jubila
Rachel lorsque la
porte claqua derrière lui.

– Ouf! On peut dire que
j'ai eu chaud! souffla Manon

en ramassant sa bourse.

Son sourire s'effaça d'un coup. Le sac était vide !

Betty promena son regard sur la réserve sens dessus dessous.

— Il faut ranger avant que Mme Nougatine ne voie ça. Quelle pagaille !

— Si seulement j'avais de la poudre magique, se lamenta Manon. Mais j'ai tout renversé à cause de cet horrible gnome !

— Les filles! les appela Mme Nougatine de l'intérieur de la boutique. Tout va bien?

— Euh… oui. On arrive!

Les deux amies échangèrent des regards paniqués. Le carillon de la porte du magasin n'arrêtait pas de tinter. Les clients arrivaient. Que faire?

Visite éclair

Manon eut aussitôt une idée.

— Il faut aller chercher d'autres bonbons au pays des Fées. J'en ai confectionné une quantité énorme pour la fête du roi et de la reine. Je peux vous en donner. Et j'en profiterai pour remplir ma bourse.

Rachel se mordit la lèvre.

– Tu crois qu'on a le temps ?
Mme Nougatine en a besoin tout de
suite.

– Ne t'inquiète pas. Nous ferons
l'aller-retour en moins d'une seconde.

– Génial ! s'écria Betty. Qu'est-ce
qu'on attend ?

Manon agita sa baguette,
et des paillettes
parfumées au
caramel volti-
gèrent autour
des deux amies.
Tandis qu'elles
rétrécissaient,
elles eurent la
sensation qu'un
tourbillon les emportait.

— Nous y sommes! annonça la voix cristalline de Manon.

Betty et Rachel regardèrent autour d'elles en clignant des yeux. Elles avaient la même taille et les mêmes ailes scintillantes que Manon. Rachel les fit battre avec ravissement.

Betty contemplait le magnifique château qui se dressait devant elles, avec ses tours décorées de ballons et de guirlandes. Une musique joyeuse flottait dans les airs. On sentait aussi une délicieuse odeur de cuisine.

– Waouh! s'exclama Rachel. Qui habite ici?

Manon éclata de rire.

– Personne, voyons! C'est notre atelier des fêtes!

Betty écarquilla les yeux.

– Nous connaissions l'intérieur mais je n'imaginais pas que l'extérieur était si beau!

– Par ici! lança Manon en poussant une porte dorée.

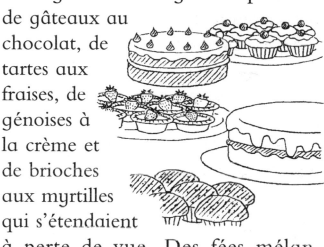

Elles entrèrent dans une grande pièce lumineuse.

– Voici la cuisine de Margaux.

Betty saliva en voyant les plateaux de gâteaux au chocolat, de tartes aux fraises, de génoises à la crème et de brioches aux myrtilles qui s'étendaient à perte de vue. Des fées mélangeaient des ingrédients avec application pendant que d'autres réalisaient de superbes décorations en sucre.

– Regarde, Betty! s'exclama soudain Rachel. C'est le gnome qui a

piétiné ton gâteau d'anniversaire.
J'avais oublié que la Bonne Fée l'avait
envoyé ici.

Il disposait avec
grand soin de jolies
fleurs en sucre sur
une génoise.

– Quand je pense
au nombre de
gâteaux qu'il a
détruits alors qu'il semble si doué pour
les décorer !

Margaux vint à leur rencontre.

– C'est bien vous !
Je ne m'étais
pas trompée !
fit-elle en leur
mettant des parts
de tarte entre

les mains. Goûtez-moi ça. C'est une nouvelle recette aux mûres magiques.

– Merci !

Betty admira les fruits qui scintillaient, les trouvant presque trop beaux pour être mangés.

– Humm ! appré-
cia Rachel qui, elle,
avait mordu de-
dans goulûment.
C'est délicieux !

Betty goûta à son tour et ferma les yeux de plaisir en sentant les fruits juteux fondre dans sa bouche.

Manon les emmena ensuite dans une salle immense, remplie de ballons de toutes les couleurs. Des milliers de lampes clignotantes recouvraient le plafond, et des torsades argentées flottaient dans les airs. Mais le plus remarquable était la fontaine d'où jaillissait un liquide aux couleurs de l'arc-en-ciel. Les fées en remplissaient de petits pots qu'elles empilaient à côté d'elles, pendant que Juliette, la fée des paillettes, voletait de l'une à l'autre pour superviser le travail.

Dès qu'elle aperçut les deux filles, Juliette agita sa baguette et un tour-billon de paillettes roses en forme de cœur vola vers elles.

Rachel et Betty lui firent au revoir de la main et suivirent Manon dans une magnifique salle de bal.

– Regarde, Betty, c'est Angélique, la fée de la musique, et l'orchestre de crapauds !

– J'aperçois Bertram, murmura Rachel en faisant à celui-ci un petit coucou de la main.

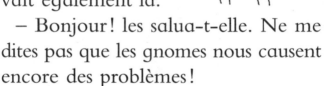

Tout ému de les voir, Bertram joua faux d'un bout à l'autre du morceau.

Betty s'aperçut soudain que la Bonne Fée se trouvait également là.

– Bonjour ! les salua-t-elle. Ne me dites pas que les gnomes nous causent encore des problèmes !

– Hélas si ! soupira Manon.

Elle lui raconta le désordre que le gnome avait semé dans la boutique de Mme Nougatine.

La Bonne Fée éclata de rire.

– Eh bien, il ne vous reste plus qu'à emporter des bonbons magiques pour remplacer ceux qui ont été abîmés.

— Merci, répondit Betty, les yeux brillants de joie.

La Bonne Fée contempla la mine réjouie des deux fillettes puis elle leva sa baguette et l'agita au-dessus de leurs têtes.

— Volez, petites fées, volez! Et continuez à bien travailler.

Rachel allait lui répondre quand elle se sentit soulevée par un courant d'air chaud. La Bonne Fée leur fit au revoir de la main tandis qu'elles s'éloignaient.

Manon se mit à rire.

– C'est un vent magique. Une brise exceptionnelle qui va nous conduire à la fabrique de bonbons!

Friandises à volonté

Portécs par ce souffle, elles traver-
sèrent une autre pièce et aperçurent
Élise, la fée des surprises, qui confec-
tionnait de jolis paquets avec du
papier brillant et de longs rubans qui
formaient d'eux-mêmes des nœuds
parfaits.

— Comment fais-tu ? lui demanda Rachel alors qu'elle passait au-dessus de sa tête.

— Il suffit de quelques grains de poudre magique, répondit la petite fée en saupoudrant un ruban rose qui flotta vers Rachel et se noua autour de sa queue-de-cheval.

— Merci ! cria Rachel alors que le vent les emportait plus loin.

Dans la salle suivante, Prune, la fée des costumes, disparaissait derrière une montagne de tissus chatoyants, de strass multicolores et de boutons éblouissants dont la forme changeait sans cesse.

Autour d'elle, des portants croulaient sous le poids des robes et des costumes chamarrés.

Prune agita joyeusement la main dans leur direction et la robe qu'elle était en train de coudre les salua également, d'un geste amical.

Betty lui fit signe en riant.

– Quel endroit fantastique !

Elle poussa soudain un cri de surprise.

Une nuée de fées volait à tire-d'aile à la poursuite d'un petit paquet ailé qui tourbillonnait entre le sol et le plafond.

– Bienvenue dans l'univers d'Anaïs, la fée des jeux ! annonça Manon.

– Et je vous présente ma toute dernière invention : la chasse au paquet magique ! expliqua Anaïs.

Rachel éclata de rire.

– C'est trop rigolo !

– Nooooon !

Betty recula. Le paquet fonçait sur elle ! Elle plongea pour l'éviter. Puis

elle s'éloigna d'un battement rapide,
pas contente du tout.

Manon la prit par
la main et l'entraîna
vers une porte à
double battant, d'un
rouge éclatant.

– Nous arrivons
enfin chez moi : la fabrique de bonbons, lui apprit-elle avec fierté.

Le vent les
propulsa toutes
les trois au
milieu
d'une cour en-
soleillée, puis
s'évanouit
aussi subitement qu'il était apparu.

Elles atterrirent en douceur.

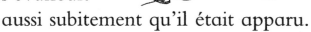

Manon les conduisit aussitôt par un petit chemin qui débouchait sur un verger.

Betty et Rachel écarquillèrent les yeux de stupéfaction : les arbres étincelaient !

– Ils sont glacés au sucre, expliqua Manon avec un sourire malicieux. Tenez, savourez-moi ça.

Les feuilles avaient un délicieux goût de citron.

– Humm!

Rachel se lécha les lèvres.

– Regardez! Ces bonbons sur cet arbre sont fourrés à la poire, et là, vous avez des berlingots à la fraise.

Deux petites fées récoltaient les friandises dans de grands paniers dorés. Plus loin, Rachel en aperçut d'autres qui pratiquaient l'escalade avec des fils de réglisse.

— Que font-elles ? s'étonna Rachel.

— Un test de résistance et d'élasticité, répondit Manon. Je vous signale d'ailleurs que c'est la réglisse qui donne les meilleures cordes à sauter. Vous devriez essayer !

Une autre fée roulait des bonbons dans un énorme bocal de sucre glace rose. Des fleurs en barbe à papa poussaient à ses pieds, et des souris en sucre couraient dans l'herbe en lançant de petits cris.

Manon remplit sa bourse de paillettes enchantées près d'une fontaine qui débordait de sorbet à l'orange, puis elle emmena les deux filles dans sa propre réserve de sucreries. Des bocaux

de friandises enchantées grimpaient jusqu'au plafond.

— Voyons voir... Fées crépitantes, fraises scintillantes, menthe pétillante, bulles au chocolat... murmura-t-elle en empilant les boîtes sur les bras des filles.

— Est-ce qu'on pourrait avoir aussi des caramels mous? demanda Betty, se souvenant tout à coup de la course dont sa mère l'avait chargée.

Que cela lui semblait loin!

– Bien sûr.

Manon agita sa baguette et un bocal de caramels apparut sur le haut de la pile de Betty.

– C'est fantastique ! s'exclama Rachel. Grâce à toi, Mme Nougatine aura une fête d'adieu inoubliable !

Retour triomphal

— Il est temps de vous ramener chez vous, annonça Manon.

Elle agita sa baguette. Betty et Rachel se retrouvèrent au cœur d'un tourbillon de paillettes jaunes, d'une délicieuse odeur de miel…

— Alors, les filles? répétait Mme Nougatine, vous avez trouvé?

Elles étaient de retour dans la réserve du magasin. Manon leur rendit aussitôt leur taille normale.

– On arrive! répondit Betty.

– Laissez-moi une seconde! proposa Manon. Il faut que je range cette pagaille avant de m'en aller.

Elle sortit une poignée de paillettes magiques de sa bourse et la lança en l'air. Une lumière dorée baigna la pièce, et soudain les serpents gélifiés se mirent à ramper jusqu'à leur bocal,

les gros bonbons ronds sautèrent dans leurs pots où ils s'agitèrent dans un bruit d'enfer, et les bébés en sucre remontèrent dans leurs boîtes en se faisant la courte échelle.

Dès que tous les récipients furent remplis, ils volèrent vers les étagères où ils s'alignèrent bien sagement.

Betty n'en revenait pas.

– Bravo, Manon! Dommage que je ne puisse pas t'emprunter un peu de paillettes pour ranger ma chambre.

Manon lui fit une petite révérence.

– Je dois ren-
trer au pays des
Fées maintenant,
dit-elle en embras-
sant les deux filles.
Merci de m'avoir tirée
des griffes du gnome
et de m'avoir aidée à récupérer mon
sac.

– Et merci à toi pour toutes ces déli-
cieuses friandises ! répondit Rachel.

– Nous te verrons à la grande fête
du roi et de la reine, ajouta Betty.

Manon se rembrunit d'un coup.

– Si les gnomes ne finissent pas par
la gâcher… Au revoir !

Elle décrivit un grand geste avec sa
baguette magique et disparut dans

un scintillement de paillettes dorées, laissant un merveilleux parfum de miel dans son sillage.

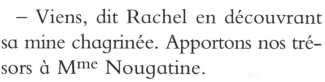

Betty inspira longuement cette bonne odeur. Elle avait horreur des adieux.

– Viens, dit Rachel en découvrant sa mine chagrinée. Apportons nos trésors à Mme Nougatine.

– Mon Dieu! Mais vous vous êtes débrouillées comme des chefs! s'extasia Mme Nougatine en les voyant arriver les bras chargés de boîtes et de bocaux.

Elle se pencha sur un pot.

– Voyons voir… Fées crépitantes ?
lut-elle sur l'étiquette. Je ne me sou-
viens pas avoir acheté ça.

Elle dévissa le couvercle et découvrit
de petites figurines en sucre, emballées
dans de magnifiques
papiers.

– Je peux en goûter une ? demanda timidement une petite fille.

– Mais je t'en prie, ma chérie.

Mme Nougatine offrit les bonbons à la ronde avec un grand sourire.

– Ils embaument, vous ne trouvez pas ? Je crois que je vais en goûter un, moi aussi.

Betty donna un coup de coude à Rachel, persuadée que la fée sur l'étiquette venait de lui faire un clin d'œil. Et quand les deux amies s'approchèrent, elles s'aperçurent que les fées crépitantes

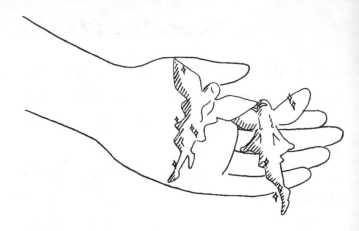

rappelaient la forme de leurs amies, les fées de la fête!

— Humm!

Les petits enfants se léchaient les babines en regardant Mme Nougatine ouvrir une autre boîte de friandises magiques.

— C'est les meilleurs bonbons que j'aie jamais mangés! s'extasia une cliente.

Bien sûr, Betty et Rachel parta-geaient cet avis. Comment résister à

ces rouleaux de réglisse à la fois tendres et élastiques, sans oublier ces bonbons fourrés à la poire si délicieusement acidulés ?

– Ils ont été cueillis ce matin, plaisanta Rachel à voix basse.

Betty sentit quelque chose crisser dans sa poche. Elle y découvrit un petit sac de caramels, soigneusement noué d'un ruban doré. Une abeille décorait l'étiquette, et un message indiquait en lettres étincelantes :
Fait avec amour, grâce au miel du pays des Fées…

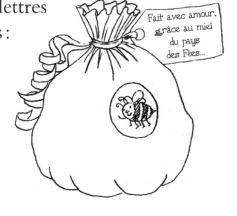

– Waouh ! Tu as vu comme ils ont l'air bons ! Dépêchons-nous de les rapporter à la maison, sinon je vais craquer !

Les deux amies dirent au revoir à Mme Nougatine.

– C'était vraiment l'excursion la plus savoureuse qu'on ait faite au pays des Fées ! soupira Rachel, une fois sortie de la boutique.

Betty hocha la tête joyeusement.

— Et il n'y a plus que trois jours avant la grande fête. J'ai tellement hâte d'y être !

— J'espère que nous jouerons à la chasse au paquet magique, la taquina Rachel.

— En tout cas, une chose est sûre. Nous allons faire des rêves merveilleux ! s'esclaffa Betty avant d'engloutir un dernier bonbon à la poire.

L'ARC-EN-CIEL magique
LES FÉES DE LA FÊTE

Margaux, Angélique, Juliette
et Manon ont retrouvé
leurs précieuses bourses magiques.

À présent, Rachel et Betty
doivent aider
Anaïs, la fée des jeux

Table des matières

L'ARC-EN-CIEL

magique

LES FÉES DE LA FÊTE

Retrouve vite Rachel et Betty
avec un extrait de

Anaïs,
la fée des jeux

Des livres plein les poches, des histoires plein la tête

Une fête à Bois-Joli

– Au revoir, maman! cria Betty Tate alors que le minibus des jeannettes quittait le parking de l'église.

– Au revoir, madame Tate! lança Rachel Walker, sa meilleure amie, assise à côté d'elle.

Tandis qu'elles traversaient le village, Rachel se tourna vers Betty.

— Quelle chance que ta cheftaine t'ait permis de m'inviter à votre sortie!

— Tu es venue passer la semaine chez moi. Je n'allais pas t'abandonner! Et tu es une jeannette, toi aussi, même si tu ne fais pas partie de ma meute.

— Je suis si contente de venir. Qu'est-ce que vous avez fait l'an dernier?

— Nous avons retrouvé une autre meute, comme aujourd'hui. Nous étions très nombreuses, et nous avons

donc pu organiser des tas de jeux et de concours. Il y avait même des lots à gagner. Et ensuite nous avons pique-niqué autour du feu de camp. C'était vraiment une belle fête.

– Une fête! répéta Rachel, les yeux écarquillés. Tu sais ce que ça signifie…

Betty plaqua une main sur sa bouche.

– Oh! Je n'y avais pas pensé! Mais tu as raison: il faudra se méfier…

Rachel et Betty partageaient un étrange secret. Elles étaient amies des

fées! Et chaque fois que celles-ci avaient des problèmes, elles les appelaient à l'aide.

Leurs ennuis venaient surtout de l'abominable bonhomme Hiver. Il avait décidé de gâcher la fête qu'elles préparaient en cachette pour le millième anniversaire du roi et de la reine des Fées. Il avait donc chargé ses affreux gnomes de perturber les réjouissances dans le monde des humains pour empêcher les fées de la Fête de s'occuper de leurs préparatifs. Et par la même occasion, leur voler leurs bourses de paillettes magiques qui lui permettraient de donner une fabuleuse réception de son côté.

— Oui, nous devrons encore nous tenir sur nos gardes, opina Rachel

alors que le minibus s'arrêtait
devant une grande clairière
où s'ébattait déjà une
nuée de jeannettes. Pas
question qu'on les
laisse voler une seule
bourse de paillettes
magiques !

— Ni gâcher
notre jour-
née ! renché-
rit Betty d'un
ton ferme.

— Nous
sommes arri-
vées ! annonça
avec un grand sourire
Mme Talbot, la cheftaine de Betty. Allez

vite mettre vos
sacs sous ce
grand arbre,
là-bas. Les
premières
épreuves
sportives vont
commencer.

Les filles se ruèrent dehors en poussant des cris de joie. Rachel et Betty furent les dernières à descendre. Elles scrutèrent la forêt : tout semblait normal.

— C'est plein de cachettes pour un gnome par ici ! chuchota Betty tandis qu'elles déposaient leurs sacs sous le gros chêne.

Pendant ce temps, Mme Talbot avait rejoint l'autre cheftaine, Mme Carter.

— Rassemblement! cria-t-elle. Nous allons commencer par une course d'obstacles. Il nous faut quatre volontaires par meute.

Betty donna un coup de coude à Rachel.

— J'adore ça. On y va?

Rachel hocha la tête et les deux filles levèrent la main.

— Jenny et Émilie, dit Mme Talbot en montrant deux autres filles. Oh, toi aussi, Betty, avec ton amie Rachel ! Notre équipe est au complet !

Elles l'écoutèrent avec attention expliquer le parcours. Elles devaient d'abord franchir une poutre inclinée, puis ramper sous un filet, courir sur une rangée de seaux retournés et

marquer chacune un panier au basket. Pour finir, elles devaient toutes
les quatre sauter à bord d'un bateau
pneumatique et traverser le ruisseau
qui bordait la clairière.

— Ça a
l'air dur,
s'inquiéta
Betty.

— Pas
aussi
dur que
d'affronter
les gnomes!
plaisanta Rachel.

Les deux équipes s'alignèrent sous
les encouragements de leurs meutes
respectives. Mme Carter donna le
coup de sifflet du départ.

Jenny monta la première sur la poutre, suivie de Rachel, Betty et Émilie.

— Si l'une d'entre vous tombe, vous devrez toutes recommencer! leur rappela Mme Talbot.

Mais les deux équipes passèrent cette première épreuve sans difficulté.

Elles rampèrent ensuite sous le filet. La barrette de l'une des filles de

l'équipe adverse s'emmêla dans les mailles. Le temps qu'elle se libère, l'équipe de Rachel et Betty avait déjà franchi les seaux et attrapait le ballon de basket.

— Je suis nulle à ce jeu, confia Émilie à Betty tandis que Jenny et Rachel marquaient leur panier du premier coup.

— Tu feras ce que tu pourras, la rassura Betty en haussant les épaules.

Malheureusement, Émilie dut s'y reprendre à six fois. Quand elle réussit enfin son panier, l'autre équipe les avait presque rejointes.

— Vite, au canot! cria Rachel.

Elles sautèrent dedans et prirent les rames au moment où leurs adversaires arrivaient en courant.

— Plus vite! cria Jenny alors qu'elles atteignaient le milieu de la rivière. Elles sont juste derrière nous!

Soudain, Betty s'aperçut que ses tennis étaient trempées. Et elle entendit un sifflement. Il y avait une fuite! Le canot se dégonflait!

[...]

Découvre vite les autres fées de la fête,
dans la collection

L'ARC-EN-CIEL magique

LES FÉES DE LA FÊTE

1. Margaux, la fée des gâteaux
2. Angélique, la fée de la musique
3. Juliette, la fée des paillettes
4. Manon, la fée des bonbons
5. Anaïs, la fée des jeux
6. Prune, la fée des costumes
7. Élise, la fée des surprises

HORS-SÉRIES

Clémence, la fée des vacances
Gaëlle, la fée de Noël
Stella, la fée des étoiles

Retrouve dans la même collection :

LES FÉES DE L'ARC-EN-CIEL

1. Garance, la fée rouge
2. Clémentine, la fée orange
3. Ambre, la fée jaune
4. Fougère, la fée verte
5. Marine, la fée bleue
6. Violine, la fée indigo
7. Lilas, la fée mauve

Retrouve dans la même collection :

LES FÉES DU CIEL

Retrouve

tes héros préférés

et gagne

des cadeaux sur

www.pocketjeunesse.fr

- toutes les infos sur tes livres et tes héros préférés
- des jeux-concours pour gagner des livres et plein d'autres cadeaux
- une newsletter pour tout savoir avant tes amis

Composition : Francisco *Compo*
61290 Longny-au-Perche

Impression réalisée sur Presse Offset par

C P I
Brodard & Taupin

La Flèche (Sarthe), le 13-03-2008
N° d'impression : 45604

Dépôt légal : février 2007

Suite du premier tirage : mars 2008

Imprimé en France

 12, avenue d'Italie
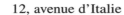
75627 PARIS Cedex 13